AF177772

Tucholsky   Wagner   Zola   Scott   Sydow   Freud   Schlegel
Turgenev   Wallace   Fonatne
Twain   Walther von der Vogelweide   Fouqué   Friedrich II. von Preußen
Weber   Freiligrath   Frey
Fechner   Fichte   Weiße Rose   von Fallersleben   Kant   Ernst   Frommel
Richthofen
Hölderlin
Engels   Fielding   Eichendorff   Tacitus   Dumas
Fehrs   Faber   Flaubert
Eliasberg   Ebner Eschenbach
Feuerbach   Maximilian I. von Habsburg   Fock   Zweig
Ewald   Eliot   Vergil
Goethe   Elisabeth von Österreich   London
Mendelssohn   Balzac   Shakespeare   Dostojewski   Ganghofer
Lichtenberg   Rathenau   Doyle
Trackl   Stevenson   Gjellerup
Mommsen   Tolstoi   Lenz   Hambruch
Thoma   Hanrieder   Droste-Hülshoff
Dach   Verne   von Arnim   Hägele
Reuter   Hauff   Humboldt
Karrillon   Garschin   Rousseau   Hagen   Hauptmann   Gautier
Defoe   Baudelaire
Damaschke   Descartes   Hebbel
Hegel   Kussmaul   Herder
Wolfram von Eschenbach   Schopenhauer   Rilke   George
Darwin   Dickens
Bronner   Melville   Grimm   Jerome
Campe   Horváth   Aristoteles   Bebel   Proust
Bismarck   Vigny   Voltaire   Federer   Herodot
Gengenbach   Barlach   Heine
Storm   Casanova   Tersteegen   Grillparzer   Georgy
Chamberlain   Lessing   Langbein   Gilm
Brentano   Gryphius
Strachwitz   Claudius   Schiller   Lafontaine
Katharina II. von Rußland   Bellamy   Schilling   Kralik   Iffland   Sokrates
Gerstäcker   Raabe   Gibbon   Tschechow
Löns   Hesse   Hoffmann   Gogol   Wilde   Vulpius
Luther   Heym   Hofmannsthal   Gleim
Roth   Klee   Hölty   Morgenstern   Goedicke
Heyse   Klopstock   Kleist
Luxemburg   Puschkin   Homer   Mörike
Machiavelli   La Roche   Horaz   Musil
Kierkegaard   Kraft   Kraus
Navarra   Aurel   Musset
Nestroy   Marie de France   Lamprecht   Kind   Kirchhoff   Hugo   Moltke
Laotse   Ipsen   Liebknecht
Nietzsche   Nansen
Marx   Lassalle   Gorki   Klett   Ringelnatz
von Ossietzky   May   Leibniz
vom Stein   Lawrence   Irving
Petalozzi   Platon   Knigge
Pückler   Michelangelo   Kafka
Sachs   Poe   Kock
de Sade   Praetorius   Liebermann   Korolenko
Mistral   Zetkin

Der Verlag tredition aus Hamburg veröffentlicht in der Reihe **TREDITION CLASSICS**
Werke aus mehr als zwei Jahrtausenden. Diese waren zu einem Großteil vergriffen
oder nur noch antiquarisch erhältlich.

Symbolfigur für **TREDITION CLASSICS** ist Johannes Gutenberg (1400 — 1468),
der Erfinder des Buchdrucks mit Metalllettern und der Druckerpresse.

Mit der Buchreihe **TREDITION CLASSICS** verfolgt tredition das Ziel, tausende
Klassiker der Weltliteratur verschiedener Sprachen wieder als gedruckte Bücher
aufzulegen – und das weltweit!

Die Buchreihe dient zur Bewahrung der Literatur und Förderung der Kultur.
Sie trägt so dazu bei, dass viele tausend Werke nicht in Vergessenheit geraten.

Die Entführung

Erzählung (1839)

Joseph Freiherr von Eichendorff

Impressum

Autor: Joseph Freiherr von Eichendorff
Umschlagkonzept: toepferschumann, Berlin

Verlag: tradition GmbH, Hamburg
ISBN: 978-3-8472-7065-2
Printed in Germany

Rechtlicher Hinweis:
Alle Werke sind nach unserem besten Wissen gemeinfrei und unterliegen damit nicht mehr dem Urheberrecht.

Ziel der TREDITION CLASSICS ist es, tausende deutsch- und fremdsprachige Klassiker wieder in Buchform verfügbar zu machen. Die Werke wurden eingescannt und digitalisiert. Dadurch können etwaige Fehler nicht komplett ausgeschlossen werden. Unsere Kooperationspartner und wir von tradition versuchen, die Werke bestmöglich zu bearbeiten. Sollten Sie trotzdem einen Fehler finden, bitten wir diesen zu entschuldigen. Die Rechtschreibung der Originalausgabe wurde unverändert übernommen. Daher können sich hinsichtlich der Schreibweise Widersprüche zu der heutigen Rechtschreibung ergeben.

Text der Originalausgabe

Josef Freiherr von Eichendorff

Die Entführung

Erzählung (1839)

Der Abend senkte sich schon über der fruchtbaren Landschaft, welche die Loire durchströmt, als ein junger Mann, jagdmüde und mit der Büchse über dem Rücken aus dem Walde tretend, unerwartet zwischen den grünen Bergen in der schönsten Einsamkeit ein altes Schloß erblickte. Er konnte durch die Wipfel nur erst Dach und Türme sehen, von Efeu überwachsen, mit geschlossenen Fenstern, halb wie im Schlafe. Neugierig drang er durch das verworrene Gebüsch die Anhöhe hinan, es schien der ehemalige Schloßgarten zu sein, denn künstliche Hecken durchschnitten oben den Platz, weiterhin schimmerte noch eine weiße Statue durch die Zweige, aber rings aus den Tälern ging der Frühling, mit Waldblumen funkelnd, lustig über die gezirkelten Beete und Gänge, alles prächtig verwildernd.

Jetzt, um eine Hecke biegend, sah er auf einmal das ganze Schloß vor sich, mitten im Grün, als wollts in alle Fenster steigen; auf der steinernen Rampe vor der Saaltür, vom Abendrot beschienen, saßen eine ältliche Dame und eine schlanke Mädchengestalt am Stickrahmen, ein zahmes Reh graste neben ihnen in der schönen Wildnis, alle drei den Ankommenden erstaunt betrachtend.

Dieser stutzte überrascht, aber schnell entschlossen näherte er sich den Frauen und entschuldigte mit vielem Anstand seinen unwillkürlichen Überfall; er kenne hier die Waldgrenzen noch zu wenig, so sei er in dies fremde Revier geraten und lege nun als Wildschütz sein Geschick in ihre Hände. Die alte Dame, ohne seine Entschuldigung besonders zu beachten und ihn vom Kopf bis zu den Füßen mit den Blicken messend, bat ihn, da er fein gekleidet erschien, ziemlich kalt, neben ihnen Platz zu nehmen, indem sie auf einen Lehnstuhl wies, den auf ihren Wink ein bejahrter Diener in etwas verschossener Livree soeben aus dem Gartensaal brachte.

Die Unterhaltung stockte einen Augenblick, aber der Fremde, der sich in der maskenhaften Freiheit eines Unbekannten zu gefallen schien, wußte bald mit großer Gewandtheit das Gespräch zu ergreifen und zu beleben. Sie sprachen demnächst von der Räuberbande, die sich in diesem Frühjahr hier zwischen den Bergen eingenistet und durch ihre verwegenen Züge die ganze Gegend in Furcht und Schrecken setzte. Der Gast sagte lachend, das komme von der langen Friedenszeit, da spiele der Krieg, der sich sein Recht nicht nehmen lasse, auf seine eigne Hand im Lande. Der Mensch verlange immer etwas Außerordentliches, und wenn es das Entsetzlichste wäre, um nur dem unerträglichsten Übel, der Langeweile, zu entkommen. – Die neueste Zeitung lag soeben auf dem Tischchen vor ihnen, sie enthielt eine ungefähre Personbeschreibung des vermutlichen Hauptmannes der Bande. Der Fremde las sie mit großer Aufmerksamkeit, und es fiel der Dame auf, da er darauf um die Erlaubnis bat, das Blatt mitzunehmen, und es hastig einsteckte.

Währenddes war Frenel, der alte Diener, mit sichtbaren Zeichen von Bestürzung wieder hinzugetreten. Er schien aus dem Hofe zu kommen, und der Dame einen heimlichen Wink gebend, sprach er lange leise und lebhaft mit ihr im Hintergrunde des Saales. Er meldete, daß sich im Walde, unweit des Schlosses, unbekannte, bewaffnete Männer zu Pferde gezeigt, sie hielten ein lediges Roß, das schöner und kostbarer gezäumt als die andern. Der Waldhüter, der unbemerkt in ihrer Nähe gewesen, habe deutlich vernommen, wie sie von ihrem Herrn geredet, mehrmals ungeduldig nach dem Schlosse schauend, als ob sie jemanden von hier erwarteten. – Die alte Dame, bei dieser seltsamen Nachricht einen Augenblick nachsinnend, überflog unwillkürlich in Gedanken die Beschreibung des Räuberhauptmannes aus der Zeitung; er war als ein junger, schöner, wohlgewandter Mann geschildert – es fuhr ihr auf einmal wie ein Blitz durch die Seele, wie alles gar wohl auf ihren rätselhaften Gast bezogen werden konnte.

Indem sie so in großer Bewegung mit sich selber schnell beriet, wie sie in dieser sonderbaren Lage sich zu benehmen habe, schien der Fremde von alledem nichts zu bemerken. Er unterhielt sich heiter und angelegentlich mit dem Fräulein, während der Abend über dem wilden Garten schon immer tiefer hereindunkelte. Da fiel plötzlich ein Schuß unten im Walde. Die Dame trat entschlossen einige Schritte auf den Fremden zu. «Das sind meine Leute», sagte dieser, rasch aufspringend. – «Ihre Leute?» – «Gewiß», erwiderte er. – Da er aber auf einmal den Schreck der erbleichten Dame bemerkte, entschuldigte er sich abermals wegen dieser Unruhe, versprach, den Frevler ernstlich zu bestrafen und nahm sogleich Abschied, indem er, flüchtig seinen Namen nennend, noch um die Erlaubnis bat, wiederkommen zu dürfen. Aber niemand hörte oder antwortete ihm in der Verwirrung; so flog er den Schloßberg hinab. Der Abend tat noch einen roten, falschen Blick über die Bergkuppen; unten war schon alles finster und still, man hörte nur den Hufschlag von mehreren Rossen den Waldgrund entlang. Das Fräulein, das nun auch den entsetzlichen Verdacht vernommen, rief aufs tiefste erschrocken: «O Gott, o Gott, er kommt gewiß wieder!»

Wirklich konnte die Lage der verwitweten Marquise Astrenant – so hieß die Dame – gerechte Besorgnis erregen. Die Erinnerung an den alten Glanz und den verschwenderischen Aufwand ihres verstorbenen Gemahls war in der Gegend noch frisch genug, um die Anschläge des Raubgesindels auf das abgelegene Schloß zu lenken, und doch war sie in der Tat so verarmt, daß sie nicht daran denken konnte, in diesem Augenblick mit ihrer Tochter Leontine diese gefährliche Einsamkeit zu verlassen. In dieser Not fiel ihr ein, daß der Graf Gaston, wie sie von ihren Leuten gehört, soeben auf kurze Zeit auf einem seiner benachbarten Jagdschlösser angekommen war. Diesen glücklichen Umstand benutzend, stellte sie dem Grafen, obgleich sie ihn noch nicht persönlich kannte, schriftlich in wenigen Worten ihre Abgeschiedenheit und Gefahr vor und beschwor ihn, als Nachbar sie in ihrer hilflosen Lage zu beschützen. Mit diesem Briefe wurde noch denselben Abend ein reitender Bote nach dem Jagdschlosse gesandt.

So war die Nacht allen unter mancherlei Vorsichtsmaßregeln schlaflos vergangen. Schon am folgenden Morgen aber erhielten sie die Antwort: der Graf werde nicht ermangeln, ihren Wünschen nach Kräften zu entsprechen und womöglich heute noch selbst seine Aufwartung machen. Diese Zusage und das tröstliche Morgenlicht hatten alle Sorge gewendet. Sie schämten sich fast und lachten über die übertriebene Furcht und Besorgnis, womit die Wälder ringsumher im Dunkeln sie geschreckt. Und wie nach Gewittern oft ein heiterer Glanz über die Landschaft fliegt, so brachte auch hier der angekündigte Besuch des Grafen Gaston sehr bald das ganze stille Haus in eine ungewohnte, fröhliche Bewegung. Die gläsernen Kronleuchter, die so lustig funkelten, wurden sorgfältig geputzt, die verstaubten Tapeten ausgeklopft und Teppiche gelüftet, der Morgen glänzte durch die verbleichten, rotseidenen Gardinen seltsam auf dem getäfelten Boden der Zimmer, während draußen über dem sonnigen Rasenplatz vor dem Hause die Schwalben jauchzend hin und her schossen. Leontine erschien besonders fleißig, sie war aufgewachsen zwischen diesen Trümmern des früheren Glanzes, nun schien ihr alles so prächtig, weil es ins Morgenrot ihrer Kindheit getaucht. Die Marquise lächelte schmerzlich, aber sie mochte die Freude der Tochter nicht stören.

Die Sonne stieg indes und senkte sich schon wieder nach den Tälern, und der Graf war zu ihrem Befremden noch immer nicht angekommen, noch hatte er den ganzen Tag über etwas von sich hören lassen. Sie mußten seinen Besuch für heute schon aufgeben, und als endlich der Abend von neuem die Wälder färbte, saßen beide Frauen, durch die Geschäftigkeit des Tages zerstreut und zuversichtlicher geworden, wie sonst wieder auf der steinernen Rampe vor dem Garten an ihrer Arbeit, als wäre eben nichts vorgefallen. Leontine, in vergeblicher Erwartung des Grafen, war geschmückt wie eine arme Braut, die nicht weiß, wie schön sie in ihrer Armut ist. Aber die Abendsonne blitzte über ihre frischen Augen und hüllte sie ganz in ihr schönstes goldnes Kleid, und ihr Reh sah von fern verwundert nach der prächtigen Herrin, es war, als hätt es alle seine Spielkameraden mit herbeigerufen, so neugierig wimmelten die Waldvögel im Garten und guckten durch die Zweige und schwatzten vergnügt untereinander. Vor dem Hause aber ging die Abendluft lind durch die Blumen unter ihnen. Leontine sah oft in Gedanken über ihre Arbeit ins Tal hinaus und sang:

> Überm Lande die Sterne
> Machen die Runde bei Nacht,
> Mein Schatz ist in der Ferne,
> Liegt am Feuer auf der Wacht.

Die Marquise sagte: «Das hast du von unserm alten Frenel, da er noch Soldat war; sollte man doch glauben, du hättest einen Offizier zum Liebsten.» Leontine lachte und sang weiter:

> Übers Feld bellen Hunde,
> Wenn der Mondschein erblich,
> Rauscht der Wald auf dem Grunde:
> Reiter, jetzt hüte dich!

«Ists denn schon so spät?» unterbrach sie sich selbst, «sie läuten ja schon die Abendglocken, der Wind kommt über den Wald her, wie schön das klingt aus der Ferne herüber.» Sie sang von neuem:

Um das Lager im Dunkeln
Jetzt schleichen sie sacht,
Die Gewehre schon funkeln –
So falsch ist die Nacht!

«Was steigt denn da für ein Rauch auf im Walde?» fragte hier die Mutter. – «Es wird wohl der Köhler sein», erwiderte Leontine, aber sie sah doch gespannt hin und sang zögernd:

Ein Gesell durchs Gesteine
Geht sacht in ihrer Mitt,
Es rasseln ihm die Beine –
Hat einen leisen, leisen Tritt –

«Nein!» sprang sie auf, «das ist ein Brand, da schlägt ja die helle Flamme auf, horch, sie läuten die Sturmglocken drüben!»

Indem nun beide sich erhoben, hörten sie in derselben Richtung ein paarmal schießen, dann war alles wieder still. «Da haben gewiß die Nachbarn großes Jagen», sagte die Marquise, «sie können nun einmal nicht fröhlich sein ohne Lärm.» Da sie aber jetzt das Schloßgesinde am Abhange des Gartenberges versammelt sah, in großer Aufregung untereinander redend und nach jener Gegend hinausschauend, rief sie hinab: Was es gebe? – «Blutige Köpfe!» hieß es zurück, der Waldwärter sei eben aus den Bergen gekommen, der Graf Gaston habe vor Tagesanbruch heimlich alle seine Bauern und Jäger bewaffnet und die Räuberbande aufgespürt und treibe sie von einem brennenden Schlupfwinkel zum andern durch den Wald, es gehe scharf her da drüben! – Da wandte sich Leontine, die bisher wie im Traume gestanden, plötzlich herum, sie sagte: Es sei schändlich und gottlos, die Schlafenden zu überfallen und Menschen zu hetzen wie die wilden Tiere! – Die Mutter sah sie erstaunt an. Aber sie hatte keine Zeit, dem sonderbaren Betragen der Tochter nachzudenken, denn der alte Frenel trat soeben voll Eifer aus dem Hause, er hatte hastig seine Büchse geladen und wollte mit hinunter. Die Marquise beschwor ihn, zum Schutze bei ihnen zu bleiben, wenn etwa einzelne versprengte Räuber hier vorüberschweiften, die andern sollten das Hoftor schließen, sich mit Beilen und Sensen versehen und den offenen Garten umstellen.

Leontine aber war indes schon in das obere Stockwerk gestiegen, die Fledermäuse in den wüsten Sälen schossen verstört aus den offenen Fenstern, sie schaute aus einem Erker angestrengt in die Waldgründe hinaus, als wollte sie durch die Wipfel sehen. Es dunkelte schon über den Tälern, die Schüsse schienen näher zu kommen, manchmal brachte der Wind einen wilden Schrei aus der Ferne herüber, vom Walde sah sie ein Reh von dem Lärm erschrocken unten über die Wiese fliegen. O wäre ich doch ein Mann! dachte sie tausendmal, dazwischen betete sie wieder still im Herzen vor der aufsteigenden Nacht, dann lehnte sie sich weit aus dem Fenster und winkte mit ihrem weißen Schnupftuch über die dunkeln Wälder, sie wußte selbst nicht, was sie tat.

Jetzt hörte sie, wie unten im Garten nach und nach mehrere Boten zurückkamen, die die Mutter auf Kundschaft ausgeschickt; sie konnte in der Stille jedes Wort vernehmen. Die Bande, hieß es, sei völlig geschlagen, gefangen oder zerstreut. Ein anderer erzählte von der außerordentlichen Kühnheit des Grafen Gaston, wie er, überall der erste voran, den Hauptmann selber aufs Korn genommen. Auf der Felsenkante im Walde seien sie endlich aneinander geraten, da habe der Graf ihn, immerfort fechtend, samt dem Pferde über den Abhang hinabgestürzt. Aber Unkraut verdirbt nicht, unten sich überkugelnd seien Roß und Reiter, wie die Katzen, wieder auf die Beine gekommen; nun jagten sie alle den Räuber hier nach dem Schlosse zu, aber er sei ganz umzingelt, er könne nicht mehr entwischen. Gott segne den tapfern Grafen! rief die Marquise bei diesem Berichte aus, er hat ritterlich sein Wort gelöst.

Leontine aber sah wieder unverwandt nach dem Walde, denn draußen hatte die wilde Jagd sich plötzlich gewendet, ein Schuß fiel ganz nah, darauf mehrere, immer näher und näher, man sah die einzelnen Schüsse blitzen im Dunkeln. Auf einmal glaubte sie einen Reiter in verzweifelter Flucht längs dem Saume des Waldes flimmern zu sehen, die Jäger des Grafen, eine andere Fährte einschlagend, schienen ihn nicht zu bemerken, er flog gerade nach dem Schlosse her. Da, in wachsender Todesangst sich plötzlich aufraffend, stürzt sie pfeilschnell über die steinernen Treppen durch das stille Haus hinab und unten an dem alten Walle durch eine geheime Pforte, den Riegel sprengend, ins Freie. Als sie aber am Fuß des Schloßberges atemlos anlangt, vor Ermattung fast in die Knie sinkend, kommt auch der Reiter schon durch die dunkelnde Luft daher – es war, wie sie geahnt, der Fremde von gestern, verstört, mit fliegenden Haaren, sein Pferd ganz von Schaum bedeckt.

«Was wollen Sie hier?» rief sie ihm schon von fern entgegen. – Er, bei ihrem Anblick stutzend, hielt schnell an, und sich vom Pferde schwingend erwiderte er höflich: er wolle, seinem Versprechen gemäß, sie und die Marquise noch einmal begrüßen. «Um Gottes willen, sind Sie rasend? heut, in dieser Stunde?» – Der Reiter entschuldigte sich, der Kampf sei ernster geworden und habe ihn länger aufgehalten, als er gedacht, es sei der einzige noch übrige Augenblick, er müsse sogleich wieder weiter. – «O Gott! ich weiß», fiel Leontine ein. – «Sie wissen?» –

Leontine schauderte, da er, dicht vor ihr, sie auf einmal so durchdringend ansah. – «Sie bluten», sagte sie dann erschrocken. – «Nur ein Streifschuß», entgegnete er; «doch Sie haben recht», fuhr er lächelnd fort, «es ziemt sich nicht, in diesem Zustande bei Damen Besuche abzustatten.» Aber Leontine hörte kaum mehr, was er sprach, sie stand in tiefen Gedanken. «Ich wüßte wohl einen verborgenen Ort für diese Nacht», sagte sie darauf und leise, «wenn nur – nein, nein, es ist unmöglich! Das Schloß ist voll Leute, vielleicht kommt der Graf selbst noch.» – Und den Fremden in steigender höchster Angst fortdrängend, wies sie ihm einen abgelegenen Fußsteig, der führte zu einer Furt des Flusses, da solle er hinüber, dann den Pfad rechts einschlagen – «nur schnell, schnell», flehte sie, «da kommen schon Leute zwischen den Bäumen, sie suchen» – «Wen?» fragte der Reiter, sich rasch umsehend. – «O mein Gott», rief Leontine fast weinend, «Sie selbst, den unglücklichen Hauptmann!» – Der Fremde, bei diesen Worten plötzlich wie aus einem Traume erwachend, schlug schnell den Mantel zurück und nahm sie in beide Arme: «Kind, Kind, wie liebst du mich so schön! Das werde ich dir gedenken mein Leben lang, du sollst noch von dem Räuberhauptmann hören. – Jetzt drängt die Zeit. Grüß die Mutter oben, sag ihr, das Land sei frei, sie könne ohne Sorgen schlafen, leb wohl!» Noch vom Pferde aber bat er sie um ihr weißes Tuch, sie reicht es ihm zögernd; das wollte er um seine Wunde schlagen, da heilt es über Nacht. – So ritt er fort.

Jetzt bemerkte sie erst, daß ihr Handschuh blutig geworden von seinem Arm, sie verbarg ihn, heftig an allen Gliedern zitternd. Im Walde indes und droben im Schlosse gingen verworrene Stimmen, sie sah noch immer dem Reiter nach und atmete tief auf, als er endlich in der schirmenden Wildnis verschwunden. Dann setzte sie sich

14

auf den Rasen, den Kopf in beide Hände gestützt, und weinte bitterlich.

Noch in derselben Nacht brach auch Graf Gaston von seinem Jagdschlosse wieder auf, wohin er nur erst vor wenigen Tagen mit dem Ruhme eines ausgezeichneten Offiziers aus fremdem Kriegsdienste zurückgekehrt, um sich in der Einsamkeit zu erholen. Aber der Ruf seiner Tapferkeit war ihm längst nach Paris vorangeeilt, und fast gleichzeitig mit der Bitte der Marquise um seinen Schutz vor den Räubern erhielt er den unerwarteten Befehl des Königs, sich unverzüglich an den Hof zu begeben, wo man bei den damaligen heimlichen Kriegsrüstungen seine Erfahrung benutzen wollte. So war es gekommen, daß er, um sein Wort gegen die besorgte Dame zu lösen, die Räuberjagd auf das gewaltsamste beschleunigt, dann aber keine Zeit mehr übrig hatte, bei der Marquise noch den versprochenen Besuch abzustatten.

In Paris zog er wie im Triumphe ein. Der frische Lorbeerkranz stand der hohen, schlanken Gestalt gar anmutig zu dem gebräunten Gesicht. Nun folgte ihm auch noch das vergrößernde Gerücht der Kühnheit, womit er soeben die lange vergeblich aufgesuchte Räuberbande wie im Fluge zwischen den Bergen vernichtet. Der König selbst hatte ihn ausgezeichnet empfangen, jedermann wollte ihn kennenlernen, und die Damen sahen scheu und neugierig durch die Fenstergardinen, wenn er im vollen Schmuck soldatischer Schönheit die Straßen hinabritt. – Unter ihnen aber zog nur eine seine Aufmerksamkeit auf sich, und diese hatte er bis jetzt noch nirgends erblickt.

Ganz Paris sprach damals von der jungen, reichen Gräfin Diana, einer amazonenhaften, spröden Schönheit mit rabenschwarzem Haar und dunkeln Augen. Einige nannten sie ein prächtiges Gewitter, das über die Stadt fortzöge, unbekümmert, ob und wo es zünde; andere verglichen sie mit einer zauberischen Sommernacht, die, alles verlockend und verwirrend, über seltsame Abgründe scheine. So fremd und märchenhaft erschien diese wilde Jungfräulichkeit an dem sittenlosen Hofe.

Über ihr früheres Leben konnte Graf Gaston nur wenig erfahren. Schon als Kind elternlos und auf dem abgelegenen Schlosse ihres

Vormunds ganz männlich erzogen, soll sie diesen in allen Reiter- und Jagdkünsten sehr bald übertroffen haben. Da verliebte sich, so hieß es, der unkluge Vormund sterblich in das wunderbare Mädchen, dem schon längst der benachbarte junge Graf Olivier mit aller schüchternen Schweigsamkeit der ersten Liebe heimlich zugetan war. Um den Vormund zu vermeiden, hatte er, wie von einem Spazierritt oder vom Jagen zurückkehrend, sich fast jeden Abend, wenn im Schlosse schon alles schlief, unter ihren Fenstern eingefunden, wo sie in der Stille der Nacht, da sie seine zärtlichen Blicke nicht verstand, sorglos und fröhlich mit ihm zu plaudern pflegte. – Jetzt aber, da er eines Abends spät wiederkommt, trifft er zu seinem Erstaunen die Gräfin reisefertig draußen im Garten. Sie verlangt ein Pferd von ihm, sie könne mit dem Vormund nicht länger zusammen wohnen. Überrascht und einen Augenblick ungemessenen Hoffnungen Raum gebend, bietet er ihr sein eigenes Roß an und schwingt sich freudig auf das seines Dieners, der unter den hohen Bäumen am Garten hielt. So reiten sie lange schweigend durch den Wald. Da öffnet ihm die schöne Einsamkeit das Herz, er spricht zum ersten Mal glühend von seiner Liebe zu ihr, während sie eben an einem tiefen Felsenriß dahinziehn. Diana, bei seinen Worten erschrocken auffahrend, sieht ihn verwundert von der Seite an, drauf, nach kurzem Besinnen plötzlich ihr Pferd herumwerfend, setzt sie grauenhaft über die entsetzliche Kluft – sein störrisches Pferd bäumt und sträubt sich, er kann nicht nach. Drüben aber hört er sie lachen, und eh sie im Walde verschwunden, blitzt noch einmal die ganze Gestalt seltsam im Mondlicht auf; es war ihm, als hätt er eine Hexe erblickt. – So kam sie mitten in der Nacht ohne Begleitung auf dem Landhaus ihrer Tante bei Paris an. Olivier aber hatte wenige Tage darauf seine Güter verlassen und fiel im Auslande im Kriege; man sagt, er habe sich selbst in den Tod gestürzt.

Der Tor! dachte Gaston, wer schwindelig ist, jage nicht Gemsen! Es war ihm recht wie Alpenluft bei der Erzählung von der schönen Gräfin, und er freute sich auf das bevorstehende Hoffest, wo er ihr endlich einmal zu begegnen hoffte.

Der Ball bei Hofe war halb schon verrauscht, als Gaston, den Besuche, Freunde und alte Erinnerungen auf jedem Schritte aufgehalten hatten, in seinen Domino gewickelt, die Treppen des königlichen Schlosses hinaufeilte. Betäubt, geblendet trat er mitten aus der Nacht in das erschreckende Gewirr der Masken, die sich gespenstisch schrillend kreuzten, durchblitzt vom grünen Gefunkel der Kronleuchter und in den Spiegelwänden tausendfach verdoppelt, wie wenn das heidnische Gewimmel von den gemalten Decken der Gemächer plötzlich lebendig geworden und herabgestiegen wäre.

Als er, sich mühsam durchdrängend, endlich den großen Saal erreicht, fiel eben die Musik majestätisch in ein Menuett ein, die tanzfertigen Paare, einander an den Fingerspitzen haltend, verneigten sich feierlich gegen den Eingang, als wollten sie den Eintretenden bewillkommnen, der sich nicht enthalten konnte, die Begrüßung mit einem tiefen Kompliment zu erwidern. Da schwang der Kapellmeister auf dem goldverschnörkelten Chor seine Rolle wieder: ein neuer Akkord, und wie auf einen Zauberschlag mit den taftenen Gewändern auseinanderrauschend, auf den Zehen sich zierlich wendend und wieder verschlingend, wogt es auf einmal melodisch den ganzen, kerzenhellen Saal entlang.

Gaston aber sah wie ein Falk durch die duftende Tanzwolke, denn sooft sie sich teilte, erblickte er im Hintergrunde mitten zwischen den fliegenden Schößen und Reifröcken, gleich einer Landschaft durch Nebelrisse, eine prächtige Zigeunerfürstin, hoch, schlank, mit leuchtendem Schmuck, die Locken aufgeringelt über die glänzenden Schultern.

Und wie er noch so hinstarrend stand, kam sie selber quer durch den Saal und ein Kometenschweif galanter Masken hinter ihr, die ihr eifrig den Hof zu machen schienen. Sie war in seltsamer Geschäftigkeit. Aus ihrem Handkörbchen ein Band aufrollend, schwang sie es plötzlich wie einen Regenbogen über die Verliebten, jeder griff und haschte graziös darnach. Drauf hier und dort durch den Haufen sich schlingend und alle wie mit Zaubersprüchen rasch umgehend, das eine Ende des Bandes fest in der Hand, schlang sies behend dem einen um den Hals, dem andern um Arm und Füße, immer schneller, dichter und enger. Die überraschten Liebhaber, Ritter, Chinesen und weise Ägyptier, als sie die unverhoffte Verwickelung gewahr wurden, wollten nun schnell auseinander, aber je zierlicher sie sich wanden und reckten, je unauflöslicher verwirrte sich der Knäuel; auf dem glatten Boden ausglitschend, verloren sie Larven, Helme und phrygische Mützen, daß die Haarbeutel zum Vorschein kamen und der Puder umherstob, das Menuett selbst kam aus seiner Balance, man hörte im Saale ein kurzes, anständiges Lachen – die Zigeunerin aber war unterdes in dem Getümmel verschlüpft.

Gaston aber, eh sich die andern besannen, flog ihr schon nach, aus dem Saal, durch mehrere anstoßende Zimmer. Dort in den Spiegeln ihn hinter sich gewahrend, wandte sie sich einmal nach ihm herum, daß er vor den Augen erschrak, die aus der Larve funkelten. Dann sah er sie durch den Gartensaal schweifen, jetzt trat sie aus der Tür auf die Terrasse und schien plötzlich draußen in der Nacht zu verschwinden, wie ein Elfe, der nur neckend zum flüchtigen Besuch gekommen.

Gaston wollte dennoch seine Jagd nicht aufgeben, wurde aber durch einen ungewöhnlichen Aufruhr der Gesellschaft aufgehalten. Die Masken traten rasch auseinander, ehrfurchtsvoll eine Gasse bildend; der König mit seiner vertrautesten Umgebung nahte, nach allen Seiten sprechend und lachend, unmaskiert in bürgerlicher Kleidung, ein schöner Jüngling voll lebensfrohen Mutwillens, wie damals Ludwig der Fünfzehnte war. «Hütet Euch, Gaston» – sagte er, diesen sogleich an Größe und Haltung erkennend -, «dies ist eine gefährliche Räubernacht, es wird mit Augen um Herzen gefochten.»

Alle Blicke waren auf den Grafen gerichtet, der nun, die Larve abnehmend, dem König folgen mußte. Sie traten, um sich zu erfrischen, vor den Gartensaal hinaus. Es war eine schwüle Sommernacht, der Himmel halb verdunkelt von finstern Wolken, aus denen sich die weißen Statuen fast gespenstisch abhoben, tiefer im Garten hörte man eine Nachtigall schlagen, zuweilen blitzte es von fern über den hohen, schwarzen Bäumen.

Der König, indem er sich tanzmüde und gähnend unter den Orangenbäumen auf der Terrasse niederließ, wollte zur Unterhaltung von Gaston irgendein Abenteuer seiner Fahrten hören. Diesem, der noch immer zerstreut und unruhig in den Garten schaute, wo die Zigeunerin verschwunden, war bei dem plötzlichen Anblick der stillen Nacht soeben ein seltsamer Vorfall wieder ganz lebendig geworden, und ohne sich lange zu besinnen, erzählte er, wie er auf seiner jetzigen Reise hierher eine alte, verfallene Burg, in der es der Sage nach spuken sollte, aus Neugier besucht und, da es gerade schwüle Mittagszeit, unter den Trümmern im hohen Grase rastend eingeschlummert.

«Gute Nacht, gute Nacht!» unterbrach ihn der König, «das ist ein schläfriges Abenteuer.»

«Es wird gleich wieder munter, Sire», entgegnete Gaston, «denn auf einmal, mitten in dieser Einsamkeit, fiel ein Schuß ganz in der Nähe, traumtrunken seh ich ein Reh getroffen vor mir in den Abgrund stürzen, und wie ich erschrocken aufspringe, steht über mir zwischen den wilden Nelken im zerbrochenen Fensterbogen der Burg eine unbekannte, wunderschöne Frauengestalt auf ihr Gewehr gestützt, die wandte sich nach mir, – den Blick vergesse ich nimmer, gleichwie das Wetterleuchten überm Garten dort!»

Der König lachte: das sei eine Waldfrau gewesen mit dem Zauberblick, von dem die Jäger sprechen, die hab es ihm angetan.

«Und Sie setzten ihr nicht nach?» riefen die andern.

«Wohl tat ich das», erwiderte Gaston, «aber ich konnte so bald über das Gemäuer und Geröll nicht den Eingang finden, und als ich endlich in die Hallen eintrat, war alles still und kühl, nur ein wilder Apfelbaum blühte im leeren Hofe, die Bienen summten drin, kein Vogel sang den weiten Wald entlang – Herr Gott, das ist sie!»

«Wie, unsere Amazone?» rief der König überrascht herumgewendet.

Die Zigeunerin, ihre Larve am Gürtel und vom Streiflicht der Fenster getroffen, trat aus einer der Alleen zu ihnen auf die Terrasse. Gaston war ganz verwirrt, da sie ihm gleich darauf als die Gräfin Diana vorgestellt wurde.

Sie aber, als sie seinen Namen nennen hörte, der so tapfern Klang hatte, sah ihn mit großer, fast scheuer Aufmerksamkeit an. «Wenn ich nicht irre», sagte sie, «so traf ich schon letzthin auf der alten Burg -»

«Ein edles Wild mit Zauberblicken», fiel rasch der König ein. – «Also auch schon lahm!» erwiderte sie halb für sich und wandte plötzlich dem Grafen verächtlich den Rücken. – Die Umstehenden blickten ihn schadenfroh an, Gaston aber lachte wild und kurz auf und verschwor sich innerlich, die Stolze zu demütigen, und sollt er auf den Zinnen von Notre-Dame mit ihr den Tanz wagen!

Über des Königs Stirn aber flog eine leichte Röte, denn er hegte seit Gastons Anwesenheit in Paris insgeheim den Wunsch, ihn mit Diana zu verbinden. Etwas verstimmt, um nur die plötzlich eingetretene peinliche Stille zu unterbrechen, fragte er Diana: ob sie denn so allein im Garten nicht fürchte, daß sie entführt werde? – Sie lachte: der König habe alles zahm gemacht, sie hätte nur Grillen gefunden in den Hecken, die zirpten lieblich, dort wie hier. – Gaston meinte: die Gräfin habe ganz recht, solche Grillenhaftigkeit sei nicht gefährlich, und mache auch manche noch so weite Sprünge, jeder wackere Bursch überhole sie leicht. – Diana schüttelte die Locken aus der Stirn; es verdroß sie doch gerade von ihm, daß er ihr trotzte. Und da einer der Kammerherren, um wieder einzulenken, soeben zirpte: selbst die Heimchen brächten ihr Ständchen, wenn sie träumend durch den nächtlichen Garten ging, erwiderte sie rasch in heimlicher Aufregung: «Wahrhaftig, mir träumte, der Tag mache der Nacht den Hof, er duftete nach Jasmin und Lavendel, blond, artig, lau, etwas lispelnd, mit kirschblütenen Manschetten und Hirtenflöte, ein guter, langweiliger Tag.» – Man lachte, keiner bezog es auf sich; ein Vicomte, als Troubadour die Zither im Arme, sagte zierlich: «Aber die keusche Nacht wandelte unbekümmert fort, ihren Elfenreihen ätherisch dahinschwebend.» – «Nein», entgegnete Diana, indem sie ihm in ihrer wunderlichen Laune die Zither nahm und, sich auf das Marmorgeländer der Terrasse setzend, zur Antwort sang:

Sie steckt mit der Abendröte
In Flammen rings das Land,
Und hat samt Manschetten und Flöte
Den verliebten Tag verbrannt.

Und als nun verglommen die Gründe:
Sie stieg auf die stillen Höhn,
Wie war da rings um die Schlünde
Die Welt so groß und schön!

Waldkönig zog durch die Wälder
Und stieß ins Horn vor Lust,
Da klang über die stillen Felder,
Wovon der Tag nichts gewußt. –

Und wer mich wollt erwerben,
Ein Jäger müßts sein zu Roß,
Und müßt auf Leben und Sterben
Entführen mich auf sein Schloß!

Hier gab sie lachend die Zither zurück. Gaston aber bei der plötzlichen Stille erwachte wie aus tiefen Gedanken. «Und wenn es wirklich einer wagte?» sagte er rasch in einem seltsamen Tone, daß es allen auffiel. – «Wohlan, es gilt», fiel da der junge König ein, «ich trete der Herausforderung der Gräfin als Zeuge und Kampfrichter bei, ihr alle habts gehört, welchen Preis sie dem Entführer ausgesetzt.»

Diana stand einen Augenblick überrascht. «Und verspielt der Vermessene?» fragte sie dann ernst. «So wird er tüchtig ausgelacht», erwiderte der König, «wie ein Nachtwandler, der bei Mondschein verwegen unternimmt, wovor ihm bei Tage graut.» Mit diesen Worten erhob er sich, und im Vorbeigehen dem Grafen noch leise zuflüsternd: «Wenn ich nicht der König wär, jetzt möcht ich Gaston sein!» wandte er sich, wie über einen herrlich gelungenen Anschlag lebhaft die Hände reibend, durch den Gartensaal in die innern Gemächer. Diana aber schien anderes bei sich zu beschließen, sie folgte zürnend.

Jetzt umringten die Hofleute von allen Seiten den Grafen, ihm zu dem glänzenden Abenteuer, wie einem verzauberten Prinzen und Feenbräutigam, hämisch Glück wünschend. Die übrige Gesellschaft unterdes, da der König sich zurückgezogen, strömte schon eilig nach den Türen, die Masken hatten ihre Larven abgenommen und zeigten überwachte, nüchterne Gesichter, durch die Säle zwischen den wenigen noch wankenden Gestalten strich die Langeweile unsichtbar wie ein böser Luftzug.

Gaston blieb nachdenklich am offenen Fenster, bis alles zerstoben. Er sah sich hier unerwartet durch leichtsinnige Reden, die anfänglich nur ein artiges Spiel schienen, plötzlich seltsam und unauflöslich verwickelt. Es war ihm wie eine prächtige Nacht, vor der eine marmorkalte Sphinx lag, er mußte ihr Rätsel lösen, oder sie tötete ihn.

Währenddes war Diana schon in ihrem Schlafgemache angelangt. Als sie in dem phantastischen Ballschmuck eintrat, erstaunte die Kammerjungfer von neuem und rief fast erschrocken aus: «wie sie so wunderschön!» Die Gräfin verwies es ihr unwillig, das sei ein langweiliges Unglück. Und da das Mädchen drauf ihr Befremden äußerte, daß sie durch solche Härte so viele herrliche Kavaliere in Gefahr und Verzweiflung stürze, erwiderte Diana streng: «Wer nimmt sich meiner an, wenn diese Kavaliere bei Tag und Nacht mit Listen und Künsten bemüht sind, mich um meine Freiheit zu betrügen?» -

Draußen aber rollten indes die Wagen noch immer fort, jetzt flog das rote Licht einer Fackel über die Scheiben, in dem wirren Widerschein der Windlichter unten erblickte sie noch einmal flüchtig den Gaston, wie er eben sein Pferd bestieg, die Funken stoben hinter den Hufen, sie sah ihm gedankenvoll nach, bis er in der dunkeln Straße verschwunden. Dann, vor den Wandspiegel tretend, löste sie die goldne Schlange aus dem Haar, die schwarzen Locken rollten tief über die Schultern hinab, ihr schauerte vor der eigenen Schönheit.

Kurze Zeit nach diesem Feste war der Hof fern von Paris zum Jagen versammelt. Da ging das Rufen der Jäger, Hundegebell und Waldhornsklang wie ein melodischer Sturmwind durch die stillen Täler, breite ausgehauene Alleen zogen sich geradlinig nach allen Richtungen hin, jede an ihrem Ende ein Schloß oder einen Kirchturm in weiter Ferne zeigend. Jetzt brachte die Luft den verworrenen Schall immer deutlicher herüber, immer näher und häufiger sah man geschmückte Reiter im Grün aufblitzen, plötzlich brach ein Hirsch, das Geweih zurückgelegt, aus dem Dickicht in weiten Sätzen quer über eine der Alleen und ein Reiter leuchtend hintendrein, mit hohen, steifen Jagdstiefeln, einen kleinen, dreieckigen Tressenhut über den gepuderten Locken, in reichgesticktem grünem Rock, dessen goldbordierte Schöße weit im Winde flogen – es war der junge König. – «Das ist heute gut Jagdwetter, man muß es rasch benutzen!» rief er flüchtig zurückgewandt zu Gaston herüber, der im Gefolge ritt. Gaston erschrak, er wußte wohl, was der König meinte.

Diana aber fehlte im Zuge, sie war zuletzt auf einer der entfernteren Waldhöhen gesehen worden. Des Treibens müde und ohne jemandem von ihrem Vorhaben zu sagen, hatte sie sich mitten aus dem Getümmel nach einem nahe gelegenen, ihr gehörigen Jagdschloß gewendet; denn sie kam sich selber als das Wild vor auf dieser Jagd, auf das sie alle zielten. Es war das Schloß, wo sie als Kind gelebt, sie hatte es lange nicht mehr besucht. Die Nacht war schon angebrochen, als sie anlangte, niemand erwartete sie dort, alle Fenster waren dunkel im ganzen Hause, als ständ es träumend mit geschlossenen Augen. Und da endlich der erstaunte Schloßwart, mit einem Windlicht herbeigeeilt, die alte, schwere Tür öffnete, gab es einen weiten Schall durch den öden Bau, draußen schlug soeben die Uhr vom Turme, als wollte sie mit dem wohlbekannten Klange grüßen.

Diana, fast betroffen oben im Saale umherblickend, öffnete rasch ein Fenster, da rauschten von allen Seiten die Wälder über den stillen Garten herauf, daß ihr das Herz wuchs. Mein Gott, dachte sie, wo bin ich denn so lange gewesen! O wunderschöne Einsamkeit, wie bist du kühl und weit und ernst und versenkst die Welt und baust dir in den Wolken drüber Schlösser kühn wie auf hohen Alpen. Ich wollt, ich wäre im Gebirg, ich stieg am liebsten auf die höchsten Gipfel, wo ihnen allen schwindelte, nachzukommen – ich tus auch noch, wer weiß wie bald!

Unterdes war das Nötigste zu ihrer Aufnahme eingerichtet, jetzt wurde nach und nach auch im Schlosse alles wieder still, sie aber konnte lange nicht einschlafen, denn die Nacht war so schwül und in den Fliederbüschen unter den Fenstern schlugen die Nachtigallen, und das Wetter leuchtete immerfort von fern über dem dunkeln Garten.

Als Diana am folgenden Morgen erwachte, hörte sie draußen eine kindische Stimme lieblich singen. Sie trat rasch ans Fenster. Es war noch alles einsam unten, nur des Schloßwarts kleines Töchterlein ging schon geputzt den stillen Garten entlang, singend, mit langem blondem Haar, wie ein Engel, den der Morgen auf seinem nächtlichen Spielplatz überrascht. Bei diesem Anblick flog eine plötzliche Erinnerung durch ihre Seele, wie einzelne Klänge eines verlorenen Liedes, es hielt ihr fast den Atem an, sie bedeckte die Augen mit beiden Händen und sann und sann, auf einmal rief sie freudig: «Leontine!»

Da sprang sie schnell auf, es fiel ihr ein, daß die Marquise Astrenant mit ihrer Tochter ja nur wenige Meilen von hier wohnte. Sie setzte sich gleich hin und schrieb an Leontine. Sie erinnerte sie an die schöne Morgenstille ihrer gemeinschaftlichen Jugendzeit, wo sie immer die kleine Elfe genannt wurde wegen ihren langen, blonden Locken, wie sie da in diesem Garten hier als Kinder wild und fröhlich miteinander gespielt und seitdem eines das andere nicht wiedergesehen. Sie werde sie auch nicht mehr schlagen oder im Sturm auf dem Flusse unterm Schlosse mit ihr herumfahren wie damals. Sie solle nur eilig herüberkommen, so wollten sie wieder einmal ein paar Tage lang zusammen sich ins Grüne tauchen und nach der großgewordenen Welt draußen nichts fragen. – Diese Aussicht hatte sie lebhaft bewegt. Sie klingelte und schickte noch in derselben Stunde einen Boten mit dem Brief nach dem Schlosse der Marquise ab.

Darauf ging sie in den Garten hinab. Sie hätte ihn beinahe nicht wiedererkannt, so verwildert war alles, die Hecken unbeschnitten, die Gänge voll Gras, weiterhin nur glühten noch einige Päonien verloren im tiefen Schatten. Da fiel ihr ein Lied dabei ein:

> Kaiserkron und Päonien rot,
> Die müssen verzaubert sein,
> Denn Vater und Mutter sind lange tot,
> Was blühn sie hier so allein?

Jetzt sah sie sich nach allen Seiten um, sie kam sich selbst wie verzaubert vor zwischen diesen stillen Zirkeln von Buchsbaum und Spalieren. Die Luft war noch immer schwül, in der Ferne standen Gewitter, dazwischen stach die Sonne heiß, von Zeit zu Zeit glitzerte der Fluß, der unten am Garten vorüberging, heimlich durch die Gebüsche herauf. Es war ihr, als müßte ihr heut was Seltsames begegnen, und die stumme Gegend mit ihren fremden Blicken wollte sie warnen. Sie sang das Lied weiter:

> Der Springbrunnen plaudert noch immerfort
> Von der alten, schönen Zeit,

Eine Frau sitzt eingeschlafen dort,
Ihre Locken bedecken ihr Kleid.

Sie hat eine Laute in der Hand,
Als ob sie im Schlafe spricht,
Mir ist, als hätt ich sie sonst gekannt –
Still, geh vorbei und weck sie nicht!

Und wenn es dunkelt das Tal entlang,
Streift sie die Saiten sacht,
Da gibts einen wunderbaren Klang
Durch den Garten die ganze Nacht.

Ich weckte sie doch, sagte sie, wenn ich sie so im Garten fände, und spräch mit ihr.

Unterdes aber waren die Wolken von allen Seiten rasch emporgestiegen, es donnerte immer heftiger, die Bäume im Garten neigten sich schon vor dem voranfliegenden Gewitterwinde. Die schwülen Traumblüten schnell abschüttelnd, blickte sie freudig in das Wetter. Da gewahrte sie erst dicht am Abhang den alten Lindenbaum wieder, auf dem sie als Kind so oft gesessen und vom Wipfel die fernen weißen Schlösser weit in der Runde gezählt. Er war wieder in voller Blüte, auch die Bank stand noch darunter, deren künstlich verflochtene Lehne fast bis an die ersten Äste reichte. Sie stieg rasch hinauf in die grüne Dämmerung, der Wind bog die Zweige auseinander. Da rollte sich plötzlich rings unter ihr das verdunkelte Land auf, der Strom, wie gejagt von den Blitzen, schoß pfeilschnell daher, manchmal klangen von fern die Glocken aus den Dörfern, alle Vögel schwiegen, nur die weißen Möwen über ihr stürzten sich jauchzend in die unermeßliche Freiheit – sie ließ vor Lust ihr Tuch im Sturme mit hinausflattern.

Auf einmal aber zog sie es erschrocken ein. Sie hatte einen fremden Jäger im Garten erblickt. Er schlich am Rande der Hecken hin; bald sachte vorgebogen, bald wieder verdeckt von den Sträuchern, keck und doch vorsichtig, schien er alles ringsumher genau zu beobachten. Sie hielt den Atem an und sah immerfort unverwandt hin, wie er, durch die Stille kühn gemacht, nun hinter dem Gebüsch immer näher und näher kam; jetzt, schon dicht unter dem Baume, trat er plötzlich hervor sie konnte sein Gesicht deutlich erkennen. In demselben Augenblick aber hörte er eine Tür gehen im Schlosse und war schnell im Grünen verschwunden.

Diana aber, da alles wieder still geworden, glitt leise vom Baume; darauf, ohne sich umzusehen, stürzte sie durch den einsamen Garten die leeren Gänge entlang nach dem Schlosse, die eichene Tür hinter sich zuwerfend, als käme das Gewitter hinter ihr, das nun in aller furchtbaren Herrlichkeit über den Garten ging.

Sie achtete aber wenig darauf. In großer Aufregung im Saale auf und nieder gehend, schien sie einem Anschlage nachzusinnen. Manchmal trat sie wieder ans Fenster und blickte in den Garten hinab. Da sich aber unten nichts rührte als die Bäume im Sturm, nahm sie ein Paar Pistolen von der Wand, die sie sorgfältig lud; dann setzte sie sich an den goldverzierten Marmortisch und schrieb eilig mehrere Briefe. Und als das Wetter draußen kaum noch gebrochen, wurden im Hofe gesattelte Pferde aus dem Stalle geführt, und bald sah man reitende Boten nach allen Richtungen davonfliegen.

Gleich darauf aber rief sie ihr ganzes Hausgesinde zusammen. Sie mußten schnell herbeischaffen, was die Vorräte vermochten, Wild, Früchte, Wein und Geflügel. Einer der Jäger, dessen Vater einst Küchenmeister gewesen, verstand sich noch am besten unter ihnen auf den guten Geschmack und mußte, zu allgemeinem Gelächter, eine weiße Schürze vorbinden und den Kochlöffel statt des Hirschfängers führen. Bald loderte ein helles Feuer im Kellergeschoß, die halbverrosteten Bratspieße drehten sich knarrend in der alten, verödeten Küche, überall war ein lustiges Plaudern und Getümmel. Alle guten Stühle und Kanapees aber ließ die Gräfin oben in den großen Saal zusammentragen, Spieltische wurden zurechtgerückt und in der Mitte des Saales eine lange Tafel gedeckt. Die feierlichen Anstalten hatten fast etwas Grauenhaftes in dieser Einsamkeit, als sollten die Ahnenbilder, die mit ihren Kommandostäben ernst von den Wänden schauten, sich zu Tische setzen, denn niemand wußte sonst, wer die Gäste sein sollten.

So war in seltsamer Unruhe der Abend gekommen und das Gewitter lange vorbei, als Diana allein mit ihrer Kammerjungfer unten in das Gartenzimmer trat, die sich beim Hereintreten rasch und verstohlen nach allen Seiten umsah. Sie hatte, ohne zu wissen zu welchem Zweck, das schöne Kleid anziehen müssen, das die Gräfin heute getragen, das hinderte sie, es war überall zu knapp und zu lang. Sie ging vor den Spiegel, als wollte sie sichs zurechtrücken, ihre Blicke aber schweiften seitwärts durchs Fenster, und als Diana sich einmal wandte, benutzte sies schnell und schien zornig jemanden in den Garten hinauszuwinken. Die Gräfin, sie an ihre Verabredung erinnernd, hieß sie vom Fenster wegtreten, ordnete rasch noch die Locken des Mädchens und setzte ihr ihren eigenen Jagdhut auf. Dann, die Verkleidete von allen Seiten zufrieden musternd, schärfte sie ihr nochmals ein, sich in diesem Zimmer still zu verhalten und nicht in den Garten zu gehen, bis sie draußen dreimal leise in die Hände klatschen höre, denn es dunkele schon und die Nacht habe wilde Augen. – «Wo?», rief das ganz zerstreute Mädchen heftig erschrocken. Aber Diana, eilig wie sie war, bemerkte es nicht mehr; heftig einen Jägermantel umwerfend, der über dem Stuhle lag, und einen Männerhut tief in die Augen drückend, flog sie in den dämmernden Garten hinaus.

Kaum aber war sie verschwunden, so sprang die Kammerjungfer geschwind ans Fenster. «Aber, Robert, bist du denn ganz toll!» rief sie einem fremden Jäger entgegen, der schon längst draußen im Gebüsch steckte und nun rasch hinzutrat. – «I Gott bewahre, hast du mich doch erschreckt!» entgegnete dieser, sie erstaunt vom Kopf bis zu den Füßen betrachtend, das ist ja ganz wie deine Gräfin! – Das Mädchen aber nannte ihn einen Unverschämten, daß er sie hier auf dem Lande besuche; wenn die Gräfin ihn sähe, sei es um ihren Dienst geschehen, er solle auf der Stelle wieder fort. «Nicht eher», erwiderte der eifersüchtige Liebhaber, «bis ich weiß, wer der Mann war, der soeben von dir ging.» – Da lachte sie ihn tüchtig aus, er sei ein rechter Jäger, der auf dem Anstand das Wild verwechsele, es sei ja die Gräfin selber gewesen. «So?» – sagte Robert sehr überrascht und einen Augenblick in Nachsinnen versunken. Dann plötzlich mit leuchtenden Blicken fragte er hastig, warum denn die Gräfin sich verkleidet, wohin sie ginge, ob sie diesen Abend in dem Mantel bleibe? Aber das ungeduldige Mädchen, in wachsender Furcht, drängte ihn statt aller Antwort schon von der Schwelle über die Stufen hinab. Er gab ihr noch schnell einen Kuß, dann sah sie ihn freudig über Beete und Sträucher fortspringen.

Als sie wieder allein war, fiel ihr erst die seltsame Hast und Neugierde des Jägers aufs Herz, es überflog sie eine große Angst, daß sie in der Verwirrung die Verkleidung der Gräfin ausgeplaudert. Auch schreckte sie nun in dieser Stille die aufsteigende Nacht im Garten, es war ihr, als blickten wirklich überall wilde Augen aus dem Dunkel auf sie, manchmal glaubte sie gar Stimmen in der Ferne zu hören. Sie konnte durchaus nicht erraten, was es geben sollte, und verwünschte tausendmal ihre Liebschaften und die unbegreiflichen Einfälle der Gräfin und das ganze dumme Landleben mit seiner spukhaften Einsamkeit.

Ein tiefes Schweigen bedeckte nun schon alle Gründe, nur fern im Garten war noch ein heimlich Knistern und Wispern überall zwischen den Büschen, als zög eine Zwerghochzeit unsichtbar über die stillen Beete hin, von Zeit zu Zeit funkelte es aus den Hecken herüber wie Waffen oder Schmuck. Dann hörte man von der andern Seite eine Zither anschlagen, und eine schöne Männerstimme sang:

> Hörst du die Gründe rufen
> In Träumen halb verwacht?
> Oh, von des Schlosses Stufen
> Steig nieder in die Nacht! –

Drauf alles wieder still, nur eine Nachtigall schlug in dem blühenden Lindenbaum am Abhange. Auf einmal raschelt was, eine schlanke Gestalt schlüpft droben aus dem Gebüsch. Es war Diana, in ihren Jägermantel dicht verhüllt, die über den Rasen nach dem Schlosse ging. Tiefer im Garten sang es von neuem:

> Die Nachtigallen schlagen,
> Der Garten rauschet sacht,
> Es will dir Wunder sagen
> Die wunderbare Nacht.

Jetzt stand Diana vor der Tür des Gartenzimmers und klatschte dreimal leise in die Hand. In demselben Augenblick aber sieht sie auch schon zwei dunkle Gestalten zwischen den Bäumen vorsichtig hervortreten. – «Bist du es, Robert? und wo ist sie?» flüstert der eine dem andern leise zu.

Sie zog sich tiefer in den Garten zurück. Da sah sie, wie die Kammerjungfer auf das verabredete Zeichen oben aus dem Hause getreten, die eine Gestalt schien sich ihr zu nähern. – Diana triumphierte schon im Herzen, als jetzt plötzlich der andere gerade auf ihren Versteck losschritt. Bei dieser unerwarteten Wendung flog sie erschrocken über den Rasenplatz den Gartenberg hinab, seitwärts sah sie den Fremden bei ihrem Anblick rasch durch die Hecken brechen, als wollt er ihr den Vorsprung abgewinnen, sie verdoppelte ihre Eile, schon glaubte sie unten Bekannte zwischen den Bäumen zu erblicken, jetzt trat sie atemlos am Fuß des Berges aus dem Garten, zu gleicher Zeit aber war auch der Fremde angelangt, und vor ihr stand Graf Gaston.

Hut und Mantel waren ihr im Gebüsch entfallen, Gaston, rasch die Zither wegwerfend, blickte ihr lächelnd in die Augen. – «Ihr seid der kühnste Freier, den ich jemals sah», sagte sie nach einem Weilchen finster. Gaston küßte feurig ihre Hand, die er nicht wieder losließ. Vor ihnen aber, vom Gesträuch halb verdeckt, stand ein leichter Wagen mit vier Pferden, die Kutscher in den Sätteln, die Pferde schnaubend scharrend, alles wie ein Pfeil auf gespanntem Bogen, der eben losschnellen will.

Indem aber, wie Gaston den Kutschern winkend und ihr ehrerbietig den Arm reichend, sie in den Wagen heben will, sieht er, daß sie, einige Schritte zurückgetreten, mit einem Pistol nach ihm zielt. Er stutzt, sie aber lacht und feuert das Pistol in die Luft. Da, bei dem Knall, wie ein Schwarm verstörter Dohlen, brechen plötzlich seitwärts aus allen Hecken Gestalten mit Haarbeuteln, Staubmänteln und gezückten Stahldegen. Gaston erkennt sogleich mit Erstaunen die alten Gesichter aus der Residenz, alles jubelfröhlich, siegesgewiß.

«Fahrt zu!» ruft er da, ohne sich zu bedenken, den Kutschern zu, die nun, ihre Peitschen schwingend, gerade in den glänzenden Schwarm hineinjagen, der sogleich von allen Seiten lachend den Wagen umringt, um die vermeintlich Entführte daraus zu erlösen. Gaston und Diana aber standen währenddes dicht am Bergstrom, der unter dem Garten vorüberschoß, ein Kahn lag dort am Ufer angebunden. Der Graf, eh Diana sich besinnt, schwingt sie hoch auf dem Arm in den Nachen, zerhaut mit seinem Hirschfänger das Tau und lenkt rasch mitten ins Fahrwasser; so flogen sie, bevor noch die am Wagen es gewahr wurden, in der entgegengesetzten Richtung pfeilschnell den Fluß hinab.

Er selbst war es gewesen, den Diana am Morgen vom Lindenbaum umherspähend erblickt. Da zweifelte sie keinen Augenblick länger, daß er sein verwegenes Vorhaben in der folgenden Nacht auszuführen gedenke. Ihr Anschlag war schnell gefaßt. Voll Übermut lud sie durch vertraute Boten sogleich das ganze Hoflager zu Entführung und Abendbrot herüber, die einzeln und ohne Aufsehen eingetroffenen Hofleute wurden am Wege versteckt; Gaston in der Verwirrung und Dunkelheit sollte, statt ihrer, das verkappte Kammermädchen entführen und so vor den Augen des hervorbrechenden Hinterhalts doppelt beschämt werden. – Nun aber hatte die unzeitige Liebschaft des Mädchens und Dianas eigene Unbesonnenheit im entscheidenden Augenblick plötzlich alles anders gewendet!

Schon waren Schloß und Garten hinter den Fortschiffenden dämmernd versunken, immer ferner und schwächer nur hörte man von dorther noch verworrenes Rufen, Schüsse und Hörnersignale der bestürzten Hofleute, die sich wie durch eine unbegreifliche Verzauberung auf einmal in allen Plänen gekreuzt sahen und nun die auf Gaston geladenen Witze verzweifelt gegeneinander selbst abschossen.

Der Fluß indes ging rasch durch wüsten Wald, Diana wußte recht gut, daß hier kein Haus und keine menschliche Hilfe in der Nähe war; so saß sie still am Rand des Kahnes und schaute vor sich in die Flut, die von Zeit zu Zeit in Wirbeln dunkel aufrauschte. Gaston aber, wohl fühlend, daß in dieser unerhörten Lage alle gewöhnliche Galanterie und Entschuldigung nur lächerlich und in den Wind gesprochen sei, blieb gleichfalls stumm, und so glitten sie lange Zeit schweigend zwischen stillen Wäldern und Felsenwänden durch die tiefe Einsamkeit der Nacht, während der Graf immerfort Dianas Spiegelbild im mondbeschienenen Wasser vor sich sah, als zöge eine Nixe mit ihnen neben dem Schiff.

Endlich, um nur die unerträgliche Stille zu brechen, sagte er, als wäre nichts geschehen, alles hier erinnere ihn wunderbar an eine Sage seiner Heimat. Da stehe im Schloßgarten ein marmornes Frauenbild und spiegele sich in einem Weiher. Keiner wage es, in stiller Mittagszeit vorbeizugehen, denn wenn die Luft linde kräuselnd übers Wasser ginge und das Spiegelbild bewegte, da seis, als ob es sachte seine Arme auftät.

Diana, ohne ein Wort zu erwidern, fuhr unwillig mit der Hand über das Wasser, daß alle Linien ihres Bildes drin durcheinanderlaufend im Mondesflimmer sich verwirrten.

Von diesem Bilde, fuhr Gaston fort, geht die Rede, daß es in gewissen Sommernächten, wenn alles schläft und der Vollmond, wie heut, über die Wälder scheint, von seinem Steine steigend, durch den stillen Garten wandle. Da soll sie mit den alten Bäumen und den Wasserkünsten in fremder Sprache reden, und wer sie da zufällig erblickt, der muß in Liebesqual verderben, so schön ist die Gestalt.

«Was ist das für ein Turm dort überm Walde?» rief hier Diana, sich plötzlich aufrichtend, daß er zusammenschrak, als hätt er selbst das Marmorbild erblickt, von dem er sprach – es waren ihre ersten Worte. Er sah sich verwundert nach allen Seiten um, weiterhin schien sich die Schlucht zu öffnen, durch eine Waldlichtung erblickte er wirklich schon flüchtig den Turm seines Jagdschlosses, tiefer unten den Fahrweg, der in weiten Umkreisen um das Gebirge ging; dort hatte er seine Leute vom Schloß zum Empfange hinbestellt. Gleich darauf aber verdeckten Felsen und Bäume alles wieder, und der Fluß wandte sich von neuem. Gaston, der das abgelegene Schloß selten besucht, kannte die Umgebung nur wenig, er stand einen Augenblick verwirrt und wußte nicht, an welchem Ufer er landen sollte.

Da bemerkte er rechts den Schimmer eines kleinen Feuers ungewiß durch die Büsche. Das sind sie, dachte er und lenkte darauf hin. Der Kahn stieß hart ans Land; indem er aber, schon am Ufer, das Gestrüpp auseinanderbog, um der Gräfin Platz zu schaffen, stieß diese, eh ers hindern konnte, im Heraussteigen den Nachen weit hinter sich, der nun unwiederbringlich mit dem reißenden Strom forttrieb. Gaston sah sie überrascht an, sie blickte funkelnd nach allen Seiten in der schönen Nacht umher.

So standen sie an einem wildumzirkten Platz, Bäume, Fels und altes Bauwerk wirr durcheinander gewachsen. Es war, wie er beim Mondlicht erkannte, eine verfallene, unbewohnte Wassermühle, hinten, wie ein Schwalbennest, an die hohe, unersteigliche Felsenwand gehängt, von zwei andern Seiten vom schäumenden Fluß umgeben. Von dort zwischen Unkraut und Gebälk kam der Lichtschein her, den er vom Strom gesehen; er trat eilig mit Diana in das wüste Gehöft, voll Zuversicht, die Seinigen zu treffen. Wie groß aber war sein Erstaunen, da er den Platz leer fand, nur einzelne blaue Flämmchen zuckten noch aus der halbverloschenen Brandstätte, als wäre sie eben von Hirten verlassen worden. -

«Ist das Ihr Schloß?» fragte Diana höhnend. Gaston aber, der einen zerbrochenen Fensterladen im Winde klappen hörte, war schon ins Haus gegangen. Dort durch die Öffnung schauend, gewahrte er zu seinem Schrecken erst, daß er auf dem falschen Ufer gelandet, drüben hinter den dunkeln Wipfeln lag sein Jagdschloß im prächtigen Mondschein – nun wußt ers auf einmal, warum Diana vorhin den Nachen zurückgestoßen!

In dieser Verlegenheit zog er schnell ein Pistol unter seinem Mantel hervor und feuerte es in die Nacht ab, ein Reh fuhr nebenan aus dem Dickicht, man konnte seinen Hufschlag noch weit durch den stillen Waldgrund hören. Zugleich aber gab zu seiner großen Freude ein Schuß drüben Antwort, bald wieder einer und drauf ein Schreien und Rufen vom Felde, daß fern in den Dörfern die Hunde anschlugen. Schon glaubte er einige der Stimmen zu erkennen und wollte eben ein zweites Pistol abschießen, als er auf einmal ein seltsames Knistern und Blinken in allen Ritzen des alten Hauses bemerkte. «Um Gottes willen, da schlagen Flammen auf!» schrie er, entsetzt hinausstürzend, der einzige Ausgang zum Walde brannte schon lichterloh – Diana, da sie bei dem Herannahen der Signale und Stimmen keine Rettung mehr sah, hatte das Haus an allen vier Ecken angezündet. Jetzt erblickte er die Schreckliche selbst hoch auf dem hölzernen Balkon der Mühle, gerade über dem Strom. Da sie ihn gewahrte, wandte sie sich schnell herum, es war wieder jenes Wetterleuchten des Blicks, das ihn schon einmal geblendet. – «Komm nun und hol die Braut!» rief sie ihm wild durch die Nacht zu, das Brautgemach ist schon geschmückt, die Hochzeitsfackeln brennen.

Unterdes aber züngelten einzelne Flammenspitzen schon hier und da durch die Fugen, der heiße Sommer hatte alles gedörrt, das Feuer, im Heidekraut fortlaufend, kletterte hurtig in dem trocknen Gebälk hinauf, und der Wind faßte lustig die prächtigen Lohen, und von drüben kam das Rufen und Schießen rasch immer näher und lauter und: «hol deine Braut!» frohlockte Diana wieder dazwischen. – Da, ohne hinter sich zu blicken, stürzte Gaston durch den wirbelnden Rauch die brennende Treppe hinan. «Zurück, rühr mich nicht an!» rief ihm Diana entgegen, «wer hieß dich mit Feuer spielen, nun ists zu spät, wir beide müssen drin verderben!» Aber die Funken von den Kleidern stäubend, stand er schon droben dicht bei ihr; am Ufer brannte ein schlanker Tannenbaum vom Wipfel bis zum Fuß, die schöne Gestalt und die stille Gegend beleuchtend. Gaston blickte ratlos in der Verwüstung umher, es schien keine Hilfe möglich, die Balken stürzten rings schon krachend in die Glut zusammen, hinten die steile Felsenwand und unter ihnen der Strom, in dem der Brand sich gräßlich spiegelte.

Indem aber hat das Feuer die dürren Wurzeln der Tanne zerfressen und, wie das Gerüst eines abgebrannten Feuerwerks allmählich verdunkelnd und sich neigend, sinkt der Baum prasselnd quer über den wütenden Felsbach. Da faßt Gaston, der alles ringsher scharf beachtet, plötzlich Dianas Hand, schwingt sie selbst, eh sie sich des versieht, auf seinen Arm, und, seinen Mantel um sie schlagend, mit fast übermenschlicher Gewalt, trägt er die Sträubende mitten durch die Flamme über die grauenvolle Brücke, unter der der Fluß wie eine feurige Schlange dahinschoß.

Jetzt hat er, aus dem furchtbaren Bezirk tretend, glücklich das jenseitige Ufer erreicht und schleudert den brennenden Mantel hinter sich in den Fluß. Diana, plötzlich Stirn und Augen enthüllt, wandte sich von ihm ab in die Nacht. «Sieh mich nicht so an, sagte sie, du verwirrst mir der Seele Grund.» – Da hörte er auf einmal auch die Stimmen wieder im Felde, mehrere Gestalten schwankten fern durch den Mondschein; es waren seine Leute, die, der Verabredung gemäß, am Fahrweg auf ihn gewartet und nun ganz erstaunt herbeieilten, da sie den Herrn auf dem Wege vom Fluß erkannten. «Zum Schloß!» rief ihnen Gaston zu, und alle Kräfte noch einmal zusammenraffend, trug er seine Beute rasch den Gartenberg hinan; schon schimmerten rechts und links ihm altbekannte Plätze entgegen, jetzt teilten sich die alten Bäume, und vor ihnen ernst und dunkel lag das stille Haus; da ließ er erschöpft die Gräfin auf den steinernen Stufen vor der Schloßtür nieder. Von drüben aber beleuchtete der Brand taghell Garten und Schloß und Dianas grausame Schönheit; Gaston schüttelte sich heimlich vor Grausen.

Indem waren auch die Diener, entschuldigend, fragend und erzählend, von allen Seiten herbeigekommen. Der Graf, ohne ihrer Neugier Rede zu stehen, befahl ihnen, rasch die Türen zu öffnen und die Kerzen anzuzünden, er schien in seinem ganzen Wesen auffallend verändert, daß sie sich fast vor ihm fürchteten. Darauf der Gräfin seinen Arm reichend, indem er sie in das unterdes geöffnete Schloß führte, sagte er mit glatter, seltsamer Kälte zu ihr, die Aufgabe sei gelöst und die wunderliche Wette entschieden, sie möge nun ausruhen und Schloß, Garten, Diener und Wildbahn hier ganz als die ihrigen betrachten. Und so, ohne ihre Antwort abzuwarten, ließ er sie im kerzenhellen Saale allein.

Draußen aber, in großer Aufregung, hieß er schnell alle Gemächer reinigen und schmücken und ordnete zu allgemeiner Verwunderung der Diener sogleich alles zu einem glänzenden Feste an. Die Jäger flüsterten mit verbissenem Lachen heimlich untereinander, der eine winkte schlau mit den Augen nach der schönen Fremden im Saale. Gaston, der es bemerkte, faßte ihn zornig an der Brust und schwor jedem den Tod, der der Gräfin drin, als ihrer Herrin, nicht ehrfurchtsvoll und pünktlich wie ihm selber diente.

Drauf ließ er ein Pferd satteln und ritt noch dieselbe Stunde fort, niemand wußte wohin.

Auf dem Schlosse der Marquise Astrenant ging seit jener Räuberjagd gar mancherlei Gerede. Den Anführer der Räuber, hieß es, habe von dem Augenblick an, da Graf Gaston ihn vom Felsen gestürzt, niemand mehr wiedergesehen, nur eine blutige Fährte hätten sie beim Verfolgen bemerkt, die führte endlich zwischen ungangbaren Klippen in einen Abgrund, wo keiner hinabgekonnt, da habe er ohne Zweifel in dem Felsstrom unten seinen wohlverdienten Tod gefunden. – Leontine wußt es wohl besser, aber das Geheimnis wollt ihr das Herz abdrücken.

In den Wäldern war es unterdes schon lange wieder still geworden, über den wilden Garten vor dem Schlosse schien soeben die untergehende Sonne, die Luft kam vom Tal, man hörte die Abendglocken weither durch die schöne Einsamkeit herüberklingen. Da stand Leontine, wie damals, zwischen den Hecken und fütterte wieder ihr Reh und streichelte es und sah ihm in die klaren, unschuldigen Augen. «Deine Augen sind ohne Falsch», sagte sie schmeichelnd zu ihm, «du bist mir treu, wir wollen auch immer zusammenbleiben hier zwischen den Bergen, es fragt ja doch niemand draußen nach uns.» Und da die Vögel so schön im Walde sangen, fiel ihr dabei ein Lied wieder ein, an das sie lange nicht gedacht, und sie sang halb traurig:

> Konnt mich auch sonst mit schwingen
> Übers grüne Revier,
> Hatt ein Herze zum Singen
> Und Flügel wie ihr.

Flog über die Felder,
Da blüht es wie Schnee,
Und herauf durch die Wälder
Spiegelt die See.

Ein Schiff sah ich gehen
Fort über das Meer,
Meinen Liebsten drin stehen, –
Dacht meiner nicht mehr.

Und die Segel verzogen,
Und es dämmert das Feld,
Und ich hab mich verflogen
In der weiten, weiten Welt.

«Leontine!» rief da die Marquise an der Gartentür des Schlosses, «sieh doch einmal, was wirbelt denn dort für Staub auf dem Wege?» Leontine trat an den Abhang des Gartens, und die Hand vor dem Glanz über die Augen haltend, sagte sie: «Ein Reiter kommt, die Sonne glitzert nur zu sehr, ich kann nichts deutlich erkennen.» – Gott, dachte sie heimlich, wenn er es wäre! – jetzt biegt er schon um den Weidenbusch, wie das fliegt! – ach nein, ein fremder Jäger ists, was der nur noch bringen mag.

Die Mutter aber, voll Neugier und Verwunderung, war dem Reiter schon entgegengegangen und kam gleich darauf mit einem geöffneten Briefe zurück. Es war Dianas Einladung; sie beschwor das Fräulein in wenigen Zeilen herzlich und ungestüm, doch ja sogleich zu ihr hinüberzukommen, da sie nur eben ein paar Tage für sich habe und sich selbst dort nicht losmachen könne. – Die Marquise stand einen Augenblick nachsinnend. «Daran hatt ich am wenigsten gedacht», sagte sie dann; «Diana ist übermütig, herrisch und gewaltsam, ihre Art ist mir immer zuwider gewesen, aber sie hat wie ein prächtiges Feuerwerk mit ihren Talenten, die sie selbst nicht kennt, den Hof und ganz Paris geblendet, du mußt ja doch endlich auch in die Welt hinaus, es ist wie ein Fingerzeig Gottes, sein Wille geschehe.» – Leontine aber flimmerten die Zeilen lustig im Abendrot, es blitzte ihr plötzlich alles wieder auf daraus: die schöne Jugendzeit, die wilden Spiele und kindischen Zänkereien mit Diana, alle ihre Gedanken waren auf einmal in die schimmernde Ferne gewendet, die sich so unerwartet aufgetan.

Es wurde nun nach kurzer Beratung beschlossen, daß sie, um keine Zeit zu verlieren und die angenehme Kühle zu benutzen, noch heute abreisen und die schöne Sommernacht hindurchfahren sollte; der alte Frenel sollte sie begleiten. Und nun ging es sogleich herzhaft an die nötigen Vorbereitungen, treppauf, treppab, die Türen flogen, Frenel klopfte seine alte Staatslivree aus, aus dem Schuppen wurde der verstaubte Reisewagen geschoben, der Hund bellte im Hofe, und der Truthahn gollerte in dem unverhofften Rumor.

Oben aber in der Stube saß Leontine mit untergeschlagenen Beinen fröhlich plaudernd auf dem glänzenden Getäfel des Fußbodens vor ihrem Koffer, Kleider und Schuhe und Schals in reizender Verwirrung um sie her, und die Mutter half ihr einpacken, das Schönste, das sie hatt. Dann brachte sie ihr das Reisekleid und strich ihr die Locken aus der Stirn und putzte sie auf vor dem Spiegel. Und von draußen sah der Abend durchs offene Fenster herein und füllte das ganze Zimmer mit Waldhauch, und unten sangen die Vögel wieder so lustig zum Valet, und Leontine war so schön in ihrem neuen Reisehut; es war lange nicht solche Freude gewesen in dem stillen Hause.

Endlich fuhr unten der Wagen vor, es war alles bereit, vor der Haustür stand das ganze Hofgesinde versammelt, um ihr Fräulein fortfahren zu sehen. Beim Hinabsteigen sagte die Marquise: «Ich weiß nicht, jetzt ängstigt mich ein Traum von heute nacht, ich sah dich prächtig geschmückt die große Allee hinuntergehen, da war's, als würde sie immer länger und länger und hinten eine ganz fremde Gegend, ich rief dir nach, aber du hörtest mich nicht mehr, als wärst du nicht mehr mein.» – Leontine lachte: der Schmuck bedeute große Ehre und Freude, wer weiß, was für ein Glück sie in der Fremde erwarte. Damit küßte sie noch einmal herzlich die Mutter und sprang in den Wagen. Aber es war ihr doch wehmütig, als nun die Wagentür wie ein Sargdeckel hinter ihr zuschlug und die Mutter, die ihr immer noch mit dem Tuche nachwinkte, im Dunkel verschwand und Schloß und Garten allmählich hinter den schwarzen Bäumen versanken.

Jetzt rollte sie schon im Freien durch die einsame Gegend hin, der Mondschein wiegte sich auf den leise wogenden Kornfeldern, der Kutscher knallte lustig, daß es weit in den Wald schallte, manchmal schlugen Hunde an fern in den Dörfern, und Frenels Tressenhut blinkte immerfort vom hohen Kutschbock. Leontine hatte das Wagenfenster geöffnet, sie war noch niemals zu dieser Stunde im Felde gewesen, nun war sie ganz überrascht: so wunderbar ist die ernste Schönheit der Nacht, die nur in Gedanken spricht und das Entfernteste wie im Traum zusammenfügt. Sie hatte auch Leontinen gar bald in sich versenkt. Im Fahren durch die stille Einsamkeit dachte sie sich den Räuberhauptmann hoch im Gebirge am Feuer zwischen Felsenwänden, wie sie neben ihm auf dem Rasen schlief und er sie bewachte, tief unten aber durch den Felsenriß die Täler unermeßlich im Mondschein heraufdämmernd, Städte, Felder, gewundene Ströme und ihrer Mutter Schloß weit in der Ferne, und das Feuer, mit dem die Luft spielte, spiegelte sich flackernd an den feuchten Felsenwänden, und die Nachtigallen schlugen tief unten in den stillen Gärten, wo die Menschen wohnten, und die Wälder rauschten darüber hin, bis allmählich Wald und Strom und Flammen sich seltsam durcheinanderwirrten und sie wirklich einschlummerte.

Sie mochte lange geschlafen haben, denn als sie erwachte, hielt der Wagen still mitten in der Nacht, Frenel und der Kutscher waren fort, seitwärts stand eine einzelne Hütte, man sah das Herdfeuer durch die kleinen Fenster schimmern, im Hause hörte sie den Frenel sprechen, er schien nach dem Wege zu fragen. Sie lehnte sich an das Kutschenfenster, ein finstrer Wald lag vor ihnen und drüben auf einer Höhe ein Schloß im Mondschein. Wie sie aber so, nicht ohne heimliches Grauen, mit ihren Augen noch die Öde durchmißt, hört sie auf einmal Pferdetritte fern durch die Stille der Nacht. Es schallt immer näher und näher, jetzt sieht sie einen Reiter, in seinen Mantel gehüllt, im scharfen Trabe auf demselben Wege vom Walde rasch daherkommen. Sie fährt erschrocken zurück und drückt sich in die Ecke des Wagens. Der Reiter aber, da er den verlassenen Wagen bemerkt, hält plötzlich an.

«Wer ist da!» rief er, «wo wollen Sie hin?» – «Nach St. Lüc», erwiderte Leontine, ohne sich umzusehen. – «St. Lüc? das ist das Schloß der Gräfin Diana», sagte der Reiter; «wenn Sie die Gräfin sehen wollen, die ist seit einigen Stunden schon auf des Grafen

Gaston Schloß dort überm Wald.» – «Unmöglich», versetzte das Fräulein, sich lebhaft aufrichtend bei der unerwarteten Nachricht.

«Leontine!» – rief da auf einmal der Fremde, ganz dicht an den Wagenschlag heranreitend, daß sie zusammenfuhr; ein Mondblick durch die Wipfel der Bäume funkelte über Reiter und Roß – es war der Räuberhauptmann.

Er zog, da er sie nun erkannte, schnell das weiße Tuch hervor, das sie ihm damals gegeben, und es ihr vorhaltend, fragte er, ob sie das kenne und seiner manchmal noch gedacht? – Leontine, auf das heftigste erschrocken und an allen Gliedern zitternd, hatte doch die Besinnung, nicht um Hilfe zu schreien. «Um Gottes willen», rief sie, «nur jetzt nicht, reiten Sie fort!» – Er aber, sich vorbeugend in sichtlicher Spannung, als hinge die Welt an ihrer Antwort, fragte noch einmal dringender, ob sie ihn und jene wildschöne Nacht vergessen oder nicht? «Rasender, was tun Sie!» erwiderte sie mit einiger Heftigkeit, «meine Leute sind nur wenige Schritte von hier, verlassen Sie mich auf der Stelle!» – Da ließ er langsam Arm und Tuch sinken und vor sich sehend, sagte er finster: «Was tuts, ich bin des Lebens müde.»

Jetzt hörte sie plötzlich die Tür gehen im Hause und Frenels Stimme. «Sie kommen», rief sie in Todesangst und fast in Weinen ausbrechend; «Oh, ich beschwör dich, reit eilig fort, sie fangen dich, ich überleb es nicht!»

«Das war der alte Klang, du liebst mich noch!» jubelte da plötzlich der Reiter auf, sein Pferd lustig herumwerfend. Nun traten auch Frenel und der Kutscher wieder aus dem Hause. «Dort hinaus, immer den Wald entlang!» rief er ihnen im Vorübersprengen zu und verschwand im Dunkel vor ihnen. «Wer war denn das?» fragte Frenel, ihm erstaunt nachsehend. Aber Leontine, noch ganz verwirrt, atmete erst tief auf, als die letzten Roßtritte verhallt und sie den Reiter in der Freiheit der Nacht wieder geborgen wußte. Darauf befahl sie, sogleich nach dem Schloß des Grafen Gaston zu fahren, das sie dort über dem Walde sähen, die Gräfin Diana sei dort, sie habe es soeben von jenem Reiter gehört, einem reisenden Herrn, setzte sie zögernd hinzu, der von dorther gekommen. – Frenel, sehr verwundert, wollte noch mancherlei fragen, aber sie trieb ihn in großer Hast. – «Nun, nun, es wird auch ganz finster, der Mond geht schon unter, wir mußten ohnedies an dem Schlosse vorüber», sagte er, mühsam seinen Sitz besteigend; der Kutscher schwang die Peitsche, und sie flogen dem Walde zu; es war derselbe Weg, den ihnen der Reiter gewiesen.

So fuhren sie rasch an den Tannen hin, von der andern Seite schwebten Wiesen, Felder und Hecken leise wechselnd vorüber, das Schloß trat immer deutlicher über den Wipfeln heraus, man hörte fern schon Nachtigallen in den Gärten schlagen. Leontine, in Nachsinnen versunken, sah sich noch manchmal scheu nach allen Seiten um, es war ihr alles wie ein Traum.

«Da blitzt es von weitem», sagte sie nach einem Weilchen zu Frenel, um in der Angst nur etwas zu sprechen. Aber Frenel, der von seiner hohen Warte freier ins Land schauen konnte, schüttelte den Kopf: er sehe schon lange hin, das sei kein Wetterleuchten, sondern Raketen oder Leuchtkugeln, die sie vom Schlosse würfen, jetzt hab ers ganz deutlich gesehen, sie müßten droben heut ein Fest haben.

Während sie aber noch so sprachen, kam plötzlich ein Lakai zu Pferde, in prächtiger Livrei und von Golde flimmernd, ihnen durch die Nacht entgegen. Frenel, ganz überrascht, zog ehrerbietig seinen Tressenhut. Jener aber ritt dicht an den Wagen, das Fräulein begrüßend, indem er sich als einen Diener aus dem Schlosse ankündigte, wohin er die Herrschaft geleiten solle. Und mit diesen Worten, ohne eine Antwort abzuwarten, drückte er die Sporen wieder ein und setzte sich rasch an die Spitze, in der hohen, dunkeln Kastanienallee dem Wagen vorreitend. – Frenel hatte sich von seinem Bocke ganz zurückgebogen und sah durch die Scheiben erstaunt und fragend das Fräulein an. Leontine zuckte nur mit den Achseln, sie wußte durchaus nicht mehr, was sie davon denken sollte. Ihre Verwirrung wurde aber noch größer, als sie bald darauf an mehreren kleinen Häusern vorüberkamen, wo ungeachtet der weitvorgerückten Nacht alles noch in seltsamer Erwartung und Bewegung schien. Überall brannte Licht, daß man weit in die reinlichen Zimmer hineinsehen konnte, Mädchen und Frauen lagen neugierig in den offenen Fenstern. Da kommt sie, das ist sie! hörte Leontine im Vorüberfahren ausrufen. «Mein Gott», sagte sie zu Frenel, «das muß hier irgendein Mißverständnis sein.»

In diesem Augenblick aber bogen sie rasch um eine Ecke, der Wagen rollte über eine steinerne Brücke und gleich darauf in das hohe, dunkle, lange Schloßtor hinein. Jetzt flog rotes Licht spielend über die alten Mauern und Erker, Leontine, als hätte sie plötzlich ein Gespenst erblickt, starrte mit weit offenen Augen in die Blendung, denn der ganze Hof wimmelte von Windlichtern und reichgeschmückten Dienern, und auf den Stufen des Schlosses, mitten im wirren Widerschein der Fackeln, stand schon wieder der Räuberhauptmann!

Er schien selbst auch erst angelangt, sein Pferd, noch rauchend, wurde eben abgeführt. Als der Wagen anhielt, stieg er rasch hinab, alles wich ihm ehrerbietig aus. Er hob die ganz Verstummte aus dem Wagen und führte sie, wie einen längst erwarteten Besuch, durch die Reihe von Dienern mit höfischem Anstand die Treppe hinan, ohne mit Wort oder Mienen anzudeuten, was zwischen ihnen vorgefallen. So gingen sie durch mehrere Gemächer, alle waren hell erleuchtet, eine seltsame Ahnung flog durch Leontinens Seele, sie wagt es kaum zu denken. Jetzt traten sie in den Saal.

«Mein Gott», sagte sie, «Sie sind –»

«Graf Gaston», erwiderte ihr Begleiter, «vergeben Sie die Täuschung, sie war so schön!»

Drauf blickte er rasch im Saal umher. «Wo ist die Gräfin Diana?» fragte er die Diener. Man sagte ihm, die Gräfin habe gleich, nachdem er das Schloß verlassen, Pferd und Wagen verlangt, so sei sie mitten in der Nacht fortgefahren, der Kutscher selbst habe noch nicht gewußt, wohin es ginge. – Gastons Stirne verdunkelte sich bei dieser Nachricht, er sah nachsinnend vor sich nieder.

Leontine aber hatte unterdes schnell noch einmal alles überdacht: den ersten Besuch des Unbekannten, seine flüchtige Erscheinung, dann unten vor dem Schloß die verworrenen Gerüchte von dem Tode des Räubers – wie hatte Schreck und Zufall alles wunderbar verwechselt! Sie stand verwirrt mit niedergeschlagenen Augen, tiefbeschämt, daß er nun alles, alles wußte, wie sehr sie ihn geliebt.

Da wandte sich Gaston, nach kurzem Überlegen, lächelnd wieder zu ihr. «Das Spiel ist aus», sagte er, «ein todwunder Räuber steht vor Ihnen und gibt sich ganz in Ihre Hand. Morgen geleit ich Sie zurück zur Mutter, da sollen Sie richtend entscheiden über ihn auf Leben oder Tod.»

Drauf, als wollte er schonend die Überraschte heut nicht weiter drängen, klingelte er rasch; weibliche Dienerschaft trat herein zu des Fräuleins Aufwartung. Und ihre Hand küssend, eh er schied, flüsterte er ihr noch leise zu: «Ich kann nicht schlafen, ich zieh heut mit den Sternen auf die Wacht und mach die Runde um das Schloß die ganze schöne Nacht, es ist ein heimlich Klingen draußen in der stillen Luft, als zög' eine Hochzeit ferne an den Bergen hin.»

Leontine stand noch lange am offnen Fenster über dem fremden Garten, Johanniswürmchen schweiften leuchtend durch Blumen und Sträucher, manchmal schlug eine Nachtigall fern im Dunkel. Es ist nicht möglich, sagte sie tausendmal still in sich, es ist nicht möglich!

Unten im Hofe aber erkundigte sich Gaston jetzt noch genauer, wiewohl vergeblich, nach der Richtung, die Diana genommen. Verblendet, wie er war von ihrer zauberischen Schönheit, hatte sich, als er in den Flammen dieser Nacht sie plötzlich in allen ihren Schrecken erblickt, schaudernd sein Herz gewendet, und, wie eine schöne Landschaft nach einem Gewitter, war in seiner Seele Leontinens unschuldiges Bild unwiderstehlich wieder aufgetaucht, das Diana so lange wetterleuchtend verdeckt. Dieser hatte er nun auf dem Schlosse hier Leontinen als seine Braut vorstellen wollen; das sollte seine Rache sein und ihre Buße. Nun aber war unerwartet alles anders gekommen.

Wenige Wochen drauf ging an dem Schloß der Marquise ein fröhliches Klingen durch die stille Morgenluft, eine Hochzeit zog an den Waldbergen hin: glänzende Wagen und Reiter, Leontine als Braut auf zierlichem Zelter voran, heiter plaudernd an Gastons Seite. Die Vögel sangen ihr nach aus der alten schönen Einsamkeit, das treue Reh folgte ihr frei, manchmal am Wege im Walde grasend. Sie zogen nach Gastons prächtigem Schloß an der Loire.

Hier lebte er in glücklicher Abgeschiedenheit mit seiner schönen Frau. Nur manchmal überflog ihn eine leise Wehmut, wenn bei klarem Wetter die Luft den Klang der Abendglocken von dem Kloster herüberbrachte, das man aus dem stillen Schloßgarten fern überm Walde sah. Dort hatte Diana in der Nacht nach ihrer Entführung sich hingeflüchtet und gleich darauf, der Welt entsagend, den Schleier genommen. Als Oberin des Klosters furchtbare Strenge gegen sich und die Schwestern übend, wurde sie in der ganzen Gegend fast wie eine Heilige verehrt. Den Gaston aber wollte sie nie wiedersehen.

Über den Autor

Eigentlich: Joseph Karl Benedikt Freiherr von Eichendorff. Geboren am 10.3.1788 auf Schloß Lubowitz bei Ratibor/Oberschlesien; gestorben am 26.11.1857 Neisse/SchlesienEichendorff entstammte einer katholischen Adelsfamilie. Nach dem Besuch des kath. Gymnasiums in Breslau 1801-1804 begann er ein Jurastudium in Halle 1805/06, das er 1807/08 in Heidelberg fortsetzte. 1808 unternahm er eine Bildungsreise nach Paris und Wien, von wo aus er 1810 nach Lubowitz zurückkehrte und dort den Vater bei der Verwaltung der Güter unterstützte. Den Winter 1809/10 verbrachte er in Berlin, besuchte Vorlesungen beiFichteund kam mitArnim,BrentanoundKleistzusammen. In Wien setzte er 1810 das Studium fort und schloß es 1812 ab. 1813-1815 nahm er an den Befreiungskriegen teil. 1816 trat er in den preußischen Staatsdienst als Referendar in Breslau., wurde 1821 katholischer Kirchen- und Schulrat in Danzig, 1824 Oberpräsidialrat in Königsberg. 1831 übersiedelte er mit der Familie nach Berlin und war dort in verschiedenen Ministerien beschäftigt, bis er 1841 zum Geheimen Regierungsrat ernannt wurde; 1844 ging er in Pension.

Über tredition

Eigenes Buch veröffentlichen

tredition wurde 2006 in Hamburg gegründet und hat seither mehrere tausend Buchtitel veröffentlicht. Autoren veröffentlichen in wenigen leichten Schritten gedruckte Bücher, e-Books und audio-Books. tredition hat das Ziel, die beste und fairste Veröffentlichungsmöglichkeit für Autoren zu bieten.

tredition wurde mit der Erkenntnis gegründet, dass nur etwa jedes 200. bei Verlagen eingereichte Manuskript veröffentlicht wird. Dabei hat jedes Buch seinen Markt, also seine Leser. tredition sorgt dafür, dass für jedes Buch die Leserschaft auch erreicht wird.

Im einzigartigen Literatur-Netzwerk von tredition bieten zahlreiche Literatur-Partner (das sind Lektoren, Übersetzer, Hörbuchsprecher und Illustratoren) ihre Dienstleistung an, um Manuskripte zu verbessern oder die Vielfalt zu erhöhen. Autoren vereinbaren direkt mit den Literatur-Partnern die Konditionen ihrer Zusammenarbeit und partizipieren gemeinsam am Erfolg des Buches.

Das gesamte Verlagsprogramm von tredition ist bei allen stationären Buchhandlungen und Online-Buchhändlern wie z. B. Amazon erhältlich. e-Books stehen bei den führenden Online-Portalen (z. B. iBookstore von Apple oder Kindle von Amazon) zum Verkauf.

Einfach leicht ein Buch veröffentlichen: **www.tredition.de**

Eigene Buchreihe oder eigenen Verlag gründen

Seit 2009 bietet tredition sein Verlagskonzept auch als sogenanntes "White-Label" an. Das bedeutet, dass andere Unternehmen, Institutionen und Personen risikofrei und unkompliziert selbst zum Herausgeber von Büchern und Buchreihen unter eigener Marke werden können. tredition übernimmt dabei das komplette Herstellungs- und Distributionsrisiko.

Zahlreiche Zeitschriften-, Zeitungs- und Buchverlage, Universitäten, Forschungseinrichtungen u.v.m. nutzen diese Dienstleistung von tredition, um unter eigener Marke ohne Risiko Bücher zu verlegen.

Alle Informationen im Internet: **www.tredition.de/fuer-verlage**

tredition wurde mit mehreren Innovationspreisen ausgezeichnet, u. a. mit dem Webfuture Award und dem Innovationspreis der Buch Digitale.

tredition ist Mitglied im Börsenverein des Deutschen Buchhandels.

Dieses Werk elektronisch lesen

Dieses Werk ist Teil der Gutenberg-DE Edition DVD. Diese enthält das komplette Archiv des Projekt Gutenberg-DE. Die DVD ist im Internet erhältlich auf **http://gutenbergshop.abc.de**

MIX

Papier | Fördert
gute Waldnutzung

FSC® C083411

Zeitfracht Medien GmbH
Ferdinand-Jühlke-Straße 7
99095 Erfurt, Deutschland
produktsicherheit@kolibri360.de